조성찬 시집

어머니

지구문학

인생 이순耳順의 연치年齒에 접어들면서
일상에 스며든 삶을 관조觀照하게 되고
바쁜 일상에서도 문득문득 되살아나는
삶의 희로애락을 틈틈이 써 모은 글들이

조마리아 시인을 만나게 되면서
지구문학에 추천이 되고
또 시인으로 등단하는 영광도 누리게 되었다.

그리고 일상의 삶에서 또 다른 축이 되어
배어 나온 내면의 감성을 시라는 형식으로 그려
시집을 내게 되었으니 참으로 가슴이 벅차다.

그저 나를 아는 모든 분들께 감사드리며
많은 이들이 공감할 수 있는 글로서
또 많이 읽히는 시집이 되기를 기대해 본다.

2024년 5월

조 성 찬

차례

제1부 · 황혼의 고백

제2부 · 분홍빛 봄비

차례

제3부 · 천사의 미소

제4부 · 제비꽃 당신

1부

황혼의 고백

봄 소풍

닭 재산 수리봉
능선 아래 터를 잡은
초등학교 교실에서
선생님 손가락에
은은히 울려 퍼지는
풍금 소리 따라
동요童謠를
부르는 아이들을
봄 소풍 오라고
날갯짓하네요

보물찾기 놀이에
선생님이 숨겨둔
보물을 찾다가
연분홍 진달래
꽃님에 반해
설렘만 남겨 둔 채
마음을 훔쳐 간

이름도 기억 없는
꼬마 신랑 찾아올까
분홍빛 치맛자락
산들바람에 날리며
수줍게 고개 숙여
기다리고 있어요

애타는 사랑은
부끄러워 분홍빛
수리봉 치마폭에
숨길 거예요

급발진 세월

달팽이가 긴긴 추운
겨울밤을 이기려
맞고를 치자며
빨리 달리는 지네에게
화투를 사 오라
심부름을 시켰다나

1시간 2시간 3시간을
기다려도 오지 않아
문을 열고 보니
아뿔싸
마루에 걸터앉아
그 많은 발에
운동화 신고
끈을 매느라
뭘 사 오라 했는지
까맣게 잊었대요

어릴 적
그리 안 가던 시간이
나이가 먹을수록
맨발로 급하게
달아나는 지네처럼
흉물스럽게 달려와
깜짝깜짝 놀라며
기억마저 달아나네요

무섭게 달려오는
세월의 급발진 속도를
달팽이 껍질 속에 숨은들
어찌 피할 길이 있으랴

모르시나요

사랑이 없다면
보이지 않겠지요

못난 자식도
예쁘게 보이는 건
태산 같은 사랑이
눈을 가려
허물을 덮기 때문이오

오랜 세월 가슴에 묻고
잊지 못했던 건
미련보다 사랑이
존재했기 때문이오

나만의 사랑이었다면
지워버렸겠지요
미련이 남지 않도록

어느 날 다가와
그대의 일기 같은
지난날 이야기 속에

애정 어린 눈빛으로
늘 잊을 수 없었다
건네는 말에

높디높은 담장을
서성이며
마음의 대문을 활짝 열고
다가올 수 있도록
기다리는 사랑을 한다는 걸
그대는 모르시나요

이브의 밤

중절모中折帽 눌러 쓰고
주름으로 멋을 낸
노신사老紳士의 귓가에
경쾌하게 울려 퍼지는
캐럴송

화이트 이브의 밤을
들뜬 마음으로 기다렸던
청춘
그 시절 낭만을
살며시 건드려 놓네요

아직도 크리스마스트리와
캐럴송 음악 사이로
실 같은 설렘으로
맘이 상큼 흔들리는 것은

바늘구멍처럼 작은

젊은 심호흡이

아직은

남아있는 걸까요?

피할 수 없는 업보業報

철없던 어린 시절
아버지 말씀에 반항反抗하며
대大못을 가슴 깊이 박힌 아픔

죄罪스러운 불효不孝의
응어리를 풀지 못한 채
내 아이의 잘못을 꾸짖다가

차려 놓은 밥을 먹지 않고
말대꾸로 대드는 자식을 보며
속상한 마음 어찌 말하리까

돌릴 수 없는 과거過去의
잘못을 후회後悔한들
무슨 소용 있으리

아~~ 내 업보業報
똑같이 닮아 되돌아온 것을

자식의 불효에
뉘 슬퍼하며
꾸짖을 수 있으랴

나팔꽃

만약에 내가 나팔꽃이었다면
아침 햇살을 가득 채워
연보랏빛 나팔로
그댈 깨우리

내 심장의 떨림 북소리가
광야廣野를 힘차게 달리는
말발굽 소리 되어
그대에게로 달리리

신선한 아침 이슬을 머금고
피는 나팔꽃처럼
그대 있는 곳까지 넝쿨을 뻗어
한 편의 서정시抒情詩를 읊으리

가슴앓이

꽃을 보면 오롯이
그 사람 숨결과 체취가
바람에 실려 옵니다

이룰 수 없는 사랑
애틋한 마음
이 안타까움을 어찌합니까

정情이 깊어 갈수록
아지랑이처럼 넘실대는
감추고 싶은 사랑은
숨길 데가 없습니다

혹 따가운 시선에
할퀴어 멍이 들까

상처傷處를 안고
끝내 절개를 지키는 외로운 사랑
가슴앓이 사랑을 합니다

삶

재능才能은 없어도
끈기라도 있으면
성공成功하지만

객기客氣를 부리며
사는 사람이 제대로 된
삶을 살겠는가

살다 보면
약탕기藥湯器에 끓어 넘치는
보약補藥이 아까워
어찌할 바를 모르듯

무엇이든 넘치면
모자란 것보다
못하느니라

많을수록 또 다른 그릇을

준비해야 하는 과정過程을
겪어야만 하느니

욕심慾心이란 먹이를
찾아 헤매는
외로운 늑대처럼
포악暴惡해질 수밖에 없느니

넉넉지는 않아도
이웃과 어우러 산다면
비워둔 그릇엔
정이 담겨 출렁이겠지

강남 까치

명문名門 먹이 학습學習을
배우는 8학군學群이란
소문所聞만 듣고

분수分數에 맞지 않는
강남으로 날아와
어색한 날갯짓을 하며

둥지 틀고 살지만
입맛에 맞는 먹잇감이
별로 없어

빼곡히 들어선
아파트 숲을 온종일
먹이를 찾아 헤매며

피곤하게 살아간다고
내게

살짝 귀띔했지요

변두리 숲에 살 땐
먹을 것이 넉넉해
남겨둔 벌레가
씩 웃어도 주었는데

강남은 겉멋만 물들어
고급 벌레만 먹는
미식가인 척
까악까악 입을 벌려
큰소리쳐도

사는 낙樂이 없어
날갯짓만 할 뿐
부유富裕 속에
빈곤층貧困層으로
살아가는 강남 까치인 걸요

황혼의 고백

설레었던 맘 숨긴 채
멍하니 바라볼 수밖에
없었지요

가지 말라 잡고 싶었던
가슴 시린 사랑
파랑새는 알았을까?

안개 속에 사라진 그녀가
안부安否를 물으며
수화기 너머로
건네는 애증愛憎의 목소리
가슴 찡하게 메아리칩니다

사모思慕했던 사랑
가슴에 묻고
남모르게 아파하며
뜬눈으로 밤을 지새우던

잊지 못할 그녀

수화기 타고 찾아온 그녀에게
숨겼던 마음을
황혼黃昏의 나이에
사랑했단 말 대신
좋아했다고
넌지시 고백告白하고 말았네요

해바라기 사랑

넌 그런 말 한 적 없다 해도
네가 최고야 그 말에
용기와 희망希望을 내게 줬어

넌 그런 적 없다 해도
너밖에 아무도 보이지 않는다는
그 말에 그늘진 얼굴을
밝은 모습으로 바꾸어 놓았어

넌 기억이 없다 해도
넌 왕처럼 살아도 된다며
부족한 모든 것을
따뜻한 숨결로 안아줬어

넌 어느 곳에 가든
안 보는 척 딴청하며
해바라기처럼 남모르게 날 바라봐
눈을 마주쳐 웃어준 거 알아

넌 온다는 기별奇別은 안 해도
매일 설레는 마음으로
널 기다리게 한 거 알지

이제 알 것 같아
숨겨야 할 사랑은
태양만 바라보는
해바라기가 되어야 한다는 것을~

고향역

경적을 울리며
기차 레일에 부딪치는
정겨운 바퀴 소리가
고향역을 향하고

스쳐가는 창밖 들녘은
황금 이삭으로 물들어
풍요로운 추석을 말한다

보름 달빛이
까만 고향 밤길을
밝혀 주건만
반겨주는 이 없는

고향을 잃어버린 운전대는
갈 곳을 찾지 못한 채
헛발질을 하며

무거운 침묵沈默만

가득 싣고 힘겹게
도로 위를 헤맨다

부모님 생전生前에 갔던 고향은
알밤이 빠져 나간 밤송이처럼
갈라진 입만 떡 벌린 채
빈 가시 주머니로

땅바닥에 벌렁 드러누워
하늘만 바라보니
허전한 마음은
가시에 찔린 듯하다

멈춰 선 바퀴 사이로
쓸쓸한 고향 달빛이
강물에 비춰
허전한 마음을
위로한다

어머니의 처방전處方箋

그렇게도 반갑게 받던 전화
수십 년 지울래야
지울 수 없는 전화번호

엄마 이름 대신 634-0322
어머니는 전화 청진기를 든
의사 선생님

자식들의 아픈 곳을 찾아
여기저기 짚어보며
물어보신다

다 큰 자식이건만
못 먹어 배곯아
바짝 말랐다 진단診斷하시곤

언제나 한결같은 처방전處方箋은
뜨끈한 고깃국에

쌀밥이었다

그 밥 한 숟가락 뜨는
자식을 바라보며
웃음 짓던 인자仁慈한 모습이
행여 잊힐까

매일 꿈속에서라도
만나고 싶은 내 어머니

나의 길

거센 물길을 거슬러
올라가는 물고기처럼
내 꿈은 꿈틀거렸어

맨몸으로 세상世上의
세찬 폭풍暴風의 비를 맞아도
나약懦弱하지 않으려
꿋꿋한 힘으로 버티며
올바른 길로 가리라

한 해 두 해 비바람을
겪은 건 아니지만
이 밤을 지새우면

내일은 나을 거란 희망希望에
불굴의 투혼鬪魂으로
뚜벅뚜벅 내 길을 가고 있어

조급한 맘으로
달리지 않아
천천히 가다
뒤돌아보면

힘들게 살았단 말 대신
세파世波의 물결을
잘 거슬러 왔다

머나먼 여정旅程의 끝을
미소로 답하려
오늘도 나의 길을
말없이 가고 있어

숲속의 시인

동심童心으로 숲길을 거닐다가
풀잎과 이슬 맺은 들꽃
튀어나온 돌과
이야기를 나누어 보자

야생화野生花를 만나거든
너처럼 초롱초롱 예쁜 모습
닮고 싶다고
너처럼 향기香氣 나는 님
만나고 싶다고
바위에겐 너처럼 우직愚直한
낭군님 만나고 싶다 하고

들꽃과 바위에게
살며시 입 맞추어 주렴
혹시 소원所願 들어 주지 않겠니

삐뚤어진 마음으로 걷는다면

고운 숲을 짓밟고 가겠지

동심으로 숲길을 걸으며
자연과 대화對話하면
잠시 숲속의 시인이 되겠지

가을 잊은 그대에게

가을에 물든
들꽃 색색 따다
꽃잎에 방울방울
이슬 보석寶石 뿌려
한 움큼 따다가

금실에 꿰어 몽실 구름
융단 위에 얹어
더위와 싸우며 일하는
너의 목에 살며시 걸어주며

아침 이슬처럼
시원한 가을바람으로
그대 볼에 흐르는
땀방울을 닦아주며

계절季節을 잊고 일하는
그대 귓전에

작은 바람 소리로

가을이 왔노라

속삭여 준다

가을 독백

영혼靈魂 없이 펄렁이는
단풍丹楓을 바라보며

앙상한 가지에 힘없이
매달린 마지막 잎새처럼

어쩌면 내가 황혼黃婚의
빛바랜 단풍으로
가을 끝자락에 서서

스산한 바람을 탓하며
작은 파장波長에도
혼자 중얼거리는
독백獨白에 물들어

떨어질 듯 매달려
바람에 펄렁이는 잎새가
노년老年의 내 모습은 아닐까

2부

분홍빛 봄비

가을 편지

가을볕에 갓 구워
파란 하늘 쟁반錚盤에 담아
가을 하늘 높은 선반 위에
올려놓은 몽실 구름
한 입 쏙 베어 물어
가을을 맛본다

밤새 별이 쏟아져
방울방울 맺은
아침 이슬 따다가
나팔꽃 찻잔에
가득 채워 마시며

풀잎 붓 만들어
영롱玲瓏한 아침이슬
살며시 묻혀
코스모스 꽃잎에
깨알 글씨 쓴다

널 만나 좋았다고
행복하다고 미안하다고
얼굴 보면 못다 한 사연

가을꽃 편지 적어
가을바람에 실어
너에게 넌지시 건넨다

달맞이꽃

봄꽃은 일찍 펴
잠꾸러기를 불렀죠
늦잠에 깬 봄이
깜짝 놀라 부끄러이
슬며시 꽃님을 찾아왔죠

봄꽃은 조심스레
처음 만난 설렘을
잊지 않으려
꽃봉오리에 님을 그려
달그림자 속에
숨겨 놓았죠

살며시 찾아와
봄꽃을 선물膳物하고
웃으며 되돌아간
따뜻한 그 미소

어수룩한 땅거미가
내려앉은 저녁
달그림자처럼
밀려오네요

오늘도 달빛 밤이
지는 줄도 모르고
창窓밖을 내다보며

여름에 필 달맞이꽃
그녀가 일찍 찾아올까
기다리고 있네요

달동네 골목길

옆집 아저씨 오늘도
거나하게 한잔 했나
발로 걷어차 철대문 열고
뛰쳐나온 아줌마

웬수야 동네 창피하게
고래고래 소리치는 아저씨를
대문 안으로 끌어들이려
애쓰는 모습에
웃음이 나던 곳

아침 마주친 아저씨
계면쩍어
머리 긁적이던 달동네

집집마다 조그마한 화단에
심어 놓은 푸성귀
올망졸망 열려 있는 고추와 토마토

국경일엔 어김없이 펄럭이는 태극기
음식 맛보라 나누어주던 정겨운 이웃

총각 시절 옆집 건넛방에
자취하던 아가씨
혹시 골목길에 마주치면
말 걸어볼까 상상에 잠겨
천천히 걷던 달동네

아~ 아련한
문화촌 골목길에서
청춘을 찾아 걷고 싶다

첫눈

펄펄 눈이 오면
괜스레 좋았던 청춘靑春은
이젠 머나먼 이야기

첫눈 오면 만나자
말 건네는 건
겁怯도 없는 주책바가지

쌓인 눈 위에 찔끔 눈 감고
그리던 사랑의 하트는
무심한 빗자루질에 쓸려 나갈 뿐

눈 위에 뒹굴며 놀던
즐거움은
이젠 아이들 이야기

꼬부랑 지팡이 부여잡고
미끄러 넘어질까

버둥버둥 게걸음

조심하세요 할아버지 소리에
내가 늙었나
나 자신에게 되물어 보는 나이

아~ 눈 내리는 빙판 위로
무심한 세월歲月만
속절俗節 없이 미끄러져 가네요

눈물 친구

내 슬픈 진실眞實을 알아챈
친구가 누구더냐
매번 내게 참아보라고
어르고 달래며 날 위한
마르지 않는 애정愛情의 샘물

너만큼 내 행복幸福을 찾아
웃게 한 친구가 또 있더냐
기쁘고 슬플 때 내 맘 알아
날 지켜보며 핑 도는 날엔
참지 말고 울어보라고

그리움도 서러움도
실컷 울고 나면
행복幸福할 거라

어르고 달래 늘
함께 웃고 울던
너보다 날 잘 아는 친구가
또 어디 있더냐

방랑시인

고기를 낚지 못한들 어떠리
잔잔한 물결에 낚싯대 들이밀고
수면 위로 한 번의 찌올림을 기다리며
세상사 잊고 마음을 비우고
세월을 낚으면 그만인 것을

물속 깊이는 낚싯줄로 헤아린다 해도
물속 고기는 헤아릴 수 없듯
세상사 살아가는 도와 방법은 알지만
물속 고기는 헤아릴 수 없듯

내 한치 앞날도 모르고 살진대
모든 근심 걱정 낚싯바늘에 꿰어
물속 깊이 던져 버리고

방랑시인처럼 낚싯대 하나 달랑 메고
물길 따라 발길 닿는 대로
유랑길을 떠나가 볼까나

억새와 나

널 좋아 찾아온 것은 너의 삶이
나 닮은 것 같아 찾아왔노라

바람막이 하나 없이
거친 황무지에 뿌리내리고
세찬 바람에 꺾이지 않고
이겨낸 아름답고 포근한
백발의 노인이 된 너의 모습에
널 찾아오게 했구나

너는 부드러움도 아름다움도 없었지
날카로운 비수 같은 잎에
억세기만 하더니
가을 노을과 하나 되어
멋진 백발로 물들어 있구나

그 황량하고 쓸쓸한 고초의 세월을
이겨낸 너의 여정 앞에

네가 부르지 않아도
많은 사람들이 백발이 된 너를
보고파 찾아오니

나도 너처럼 힘든 삶을 이겨내고
너 닮은 모습으로 늙거든
찾아오는 친구 지인들이 많아
외롭지 않은 노년이 되길
너에게 부탁하노라

짝사랑

팔베개 삼아 누워
눈 감고 옛 동산 떠올리니
초승달이 날 반기네

보름달 둥실 뜬 밤하늘
유난히 반짝이던 작은 별
손에 닿을 것 같던
잊힌 그 세월歲月 그 이야기

하지만 세상世上 사람들은
모를 거야
어젯밤 꿈속에서 나눈
사랑의 비밀秘密을

끙끙 가슴앓이며
하염없이 바라만 봤던
말 못한 그 이야기

꿈속이라도

혼자 짝사랑했던

너를 만날

간절한 기도祈禱였음을

하늘 호수

풍덩 뛰어들고픈
맑고 깊은 하늘 호수
은하수 물결치며
물안개 몽실몽실
떠 있는 천상의 호수

북두칠성 물고기
이름을 알 수 없는
수많은 작은 금빛 물고기
반짝반짝 떼지어 노니는 곳

저 하늘 호수에
큰돌고래가 살고 있나 봐
호수 위에 둥실 떠 있는
커다란 금색경을 삼켜
조금씩 뱉어내
초승달 보름달 만드는
묘기를 부린다

하늘 호수에 날아든
기러기 떼에 깜짝 놀란
황금 물고기가
반짝이며 호수를 뛰쳐나와
빠른 속도로 밤 호수를 가르며
섬광의 별똥별이 되어
숨어버린다

세찬 바람에 하늘 호수가
출렁이며 은하수 낙숫물이
물보라로 쏟아져
처마 밑에 날 멈춰 세워
잠시 쉬어가라 한다

빈 꿀단지

예쁜 꽃을 찾기보다
향기 나는 꽃을 찾아
입에 빨대 물고
수없이 먼 길 오가며
꿀단지를 채우지만

양봉장엔 벌의 노고勞苦를
아는지 모르는지
꿀을 채취할 기회만 보죠

부지런히 꿀을 모은들
빈 항아리만 남을 것을…
향기 품은 꽃님의 품속에 안겨
쉬어 가면 좋으련만…

몸에 밴 부지런함
어찌 벌의 빨대를 뺏어 놓고
쉬어가라 쉬어가라 하겠나?

나 또한 쉼 없이 일해도

제자리 맴도는 쳇바퀴 인생人生

벌과 닮은 것을…

벚꽃

봄의 따뜻한 입바람이
칼바람 부는 겨울을
버티며 잠자는 날 깨운다
반가움에 새하얀
드레스로 갈아입고

봄과 짧은 만남이건만
아름다운 꽃 드레스 살랑살랑
흔들어 봄을 유혹誘惑한다

가로등 불빛 아래
바람의 장단長短에 맞춰
화려한 드레스를 흔들며 추는
춤사위에 유혹誘惑돼

밤을 잊고 찾아온
연인戀人들에게
벚꽃 향기香氣를 살며시 내풍겨

설레임도 안겨준다

화려한 꽃 드레스는
얼마 입지도 못한 채
산산이 조각난 꽃잎 되어
봄바람에 흩어져 날리며
봄과 짧은 사랑의
이별離別을 고한다

노란 고무줄 새총

엄마 몰래 막냇동생
기저귀 고무줄
싹둑 잘라 놓고
짧아진 똥 기저귀 고무줄
동여매 주고

신이 나서 잘라낸 고무줄로
새총 만들어 새를 잡겠다고
이리저리 쏘다니며
새를 겨냥해 당긴 고무줄이
내 손에 맞아 손을 부여잡고
아파했던 어릴 적 추억이
엊그제 같은데

아기였던 예쁜 막내 여동생
54세가 되어
나의 건강을 걱정하며
안부를 묻는다

마음은 청춘이요
몸은 천근이라
노년에 들어서
여동생을 떠올리니
옹알이하던 아기는
짧게 동여맨 고무줄에
얼마나 아팠을까
옛 생각에 빙그레 웃음이 난다

행복

하루하루 시간時間의 굴레 속에
나이 먹어 늙어도
작은 섭섭한 말에
노여움을 타지 않는
인자仁慈한 노인老人으로
살아가면 좋겠다

마음엔 맑은 시냇물 흐르는 소리처럼
언제나 잔잔한
맑은 음악音樂이 배여 있고

입가에는 연인戀人들의
대화對話처럼 달달한
아름다운 언어言語가
음악音樂처럼 흘러나와
다툼 없이 살며

가끔은 보온병에 담아온

원두커피 나누어 마시며
너와 나 손잡고
들꽃 핀 낮은 동산에 앉아
늙어도 얼굴 마주보고
커피 향 들꽃 향香처럼
향기 나는 이야기꽃을 피우며

풍족豊足하진 않아도
욕심慾心 없이 살아
가을 단풍丹楓처럼
곱게 곱게 늙어가면
참으로 마음이 어진
행복한 노인을 봤다는 말은
들을 수 있을 거야

논두렁

너랑 나랑 손잡고 정겨운
그 길을 가보자
파도波濤가 넘실거리는 백사장白沙場도
풍경風景이 아름다운 곳도 아니야

민들레꽃이 노랗게 피어 있고
제비꽃 씀바귀 애기똥풀
예쁜 꽃 올망졸망
피어 있는 그 길

맛은 없어도 빨갛게 익은
뱀딸기 따먹던
낯익은 논두렁 함께 걷다가

쑥도 뜯고
달래 냉이 씀바귀도 캐보며
네잎클로버도 찾아보고
토끼풀 꽃으로 팔찌 꽃반지

만들어 끼워주며 걷다 보면

논두렁에 단잠 자던 개구리는
지레 겁먹어 풍덩 풍덩 논에 뛰어들어
툭 튀어나온 커다란 눈망울을 껌벅이며
우릴 쳐다보며 시샘하겠지

새하얀 백로는 한가하게 논을 거닐고
모내기가 끝난 얕은 물가에
기어 나온 우렁이도 잡아보는
재미가 쏠쏠한 풀향기
그윽한 그 길을

앞서거니 뒤서거니 걷다 보면
소박한 웃음이 샘솟는
정겨운 추억追憶의 논두렁
그 길을 너랑 나랑 손잡고
함께 걸어보자꾸나

분홍빛 봄비

혹독한 눈보라 속
삭풍朔風을 견디며
봄을 기다리던 매화梅花 꽃

따사로운 햇살의
꾀임에 그만 섣불리
살포시 연분홍
꽃망울을 터트려
눈 속에 떨고 있네요

계절의 밉살스러운
서릿발 변덕變德에
호흡이 멎은 듯합니다

봄비마저 눈 속에 핀
매화의 마음을 읽은 듯
보슬보슬 꽃잎 위를 적십니다

봄비도 분홍빛
마음도 분홍빛
지나가는 이방인里邦人도
분홍빛 그리움으로
촉촉이 물들여 놓네요

단비

갈라진 논바닥에
서로 먼저 물대기
싸움이 번진다면
상처傷處만 남겠지

솔밭 산들바람처럼 어우러져
이웃과 정다운 이야기를
나누며 산다면
고운 언어言語의 단비가
촉촉이 적시리라

3부

천사의 미소

어머니 · 1

허름한 고향집이 보이면
어머님 모습이 보일까
어머님 뵈러 오는 길이 왜 이리 어려웠던가

어머니는 집안에 계신 시간보다
대문 밖에 계신 시간이 길어 보인다

완두콩을 까시는 모습이
나약하게만 보이는데
하루도 못 머무르고 당일치기로 돌아선다

어머니 천식에 가쁜 숨소리
나를 따라온다

어머니 · 2

넝쿨장미 꽃망울이
뒷담장을 뒤덮던 시골집
억척스럽게 고생하시던 어머니
머리에 흰색 장미꽃 피었어도

어머니의 큰사랑은 끝이 없이
장미 넝쿨처럼 무성하게 변함 없더라
가지 많은 나무처럼 자식 걱정에

매일 걸려오는
어머니의 전화 목소리가
새 소리같이 귓전을 스치며
잘 듣지 못하시고 여러 번 반복된
물음이 슬프고 슬프더라

늙고 기력 없으신 어머니 모습에
아파할 수밖에 없는 건
늘 걱정만 끼치는 못난 자식이
오늘도 어머니께
무거운 큰 짐을 지게 한다

어머니의 전화

자다 깨어 보니 새벽 5시
어머니께 전화電話를 걸어보았다

뜨웅뜨웅 신호는 가지만
아직 반납返納하지 않은
시골 어머니 전화는
신호 소리만 메아리쳐 온다

어머니 49재 지낸 게 엊그제였는데
뻔히 알면서 전화했다

어머니가 계셨던 빈집 마당은
잡초雜草만 무성해
어머니 흔적痕迹을 지워 가고 있어
가슴이 먹먹해 온다

통화할 수 없는 어머니 전화번호를
삭제削除 못하고 저장貯藏돼 있어

아직도 어머니 음성音聲이 귀에 쟁쟁하다

언젠간 어머니 전화번호가 삭제되겠지만
그마저 생각하면
어머니를 영원히 지우는 것 같아
가슴이 저려 온다

어머니 · 3

문고리에 손이
쩍쩍 달라붙던
어릴 적 추운 겨울
새벽잠을 설치시며

추울세라
가마솥에 세숫물 가득 채워
끓여 놓으시고
아가들을 깨우시던 엄마는
어디 가셨나요?

엄마 곁을 떠나
저마다 다른 둥지 틀고
바쁘다는 핑계로
찾아오지 않는
새끼들을 기다리다가
지키던 둥지 남겨둔 채
지친 몸으로

어디로 훌쩍 떠나셨나요?

보고파도 볼 수 없는
엄마 엄마 우리 엄마
저 하늘 어느 별이 되어
우릴 지켜보시나요?

어머니 그립습니다
어머니…

엄마의 손

일과는 먼 고지식한 아버지께
푸념 섞인 잔소리라도 하시던지
밭일하던 호미 자루라도
내팽겨 버럭 화풀이라도
했으면 좋으련만…

지독한 가난을 벗어나려 함이 아니라
자식 배 안 굶기려
그리 억척스럽게 일하시던 어머니
장독 뒤 절구통 대문 뒤에 숨어
숨바꼭질하던 곳

여름날 모깃불 피워놓고
애호박 감자 뚝뚝 썰어 끓여준
엄마의 손칼국수
모기 물리며 가족이 둘러앉아
먹는 저녁
펴놓은 멍석 위에 뒹굴며

밤 하늘 별을 헤아리던
넓은 마당이 있는 집

학교 다녀와 대문 박차고
책가방 마루에 내팽개쳐 놓고
산으로 들로 개울가로
뛰놀던 고향

배 아프면 배 쓰다듬어 주던
따뜻한 어머니 약손
언제 가든 반겨줄 어머니가
살아 계신 집이 있다면

당장이라도 뛰어가
대문 박차고
엄마 품에 안겨
아프다 엄살이라도
부리련만…

어미새

오늘도 한입 가득 먹이 물고
둥지 위로 날아왔건만
하얀 솜털 벗어 놓고
새 옷 갈아입고
멀리 떠난 아기새

오늘 행여
둥지를 찾아오려나
나그네 철새는 소식消息 알까
안부安否라도 묻고 싶은 이 맘
어찌 전하리

솔잎 사이로 풍문風聞이라도
들려오려나
꽃은 피고 지며
산천山川은 변하거늘

엄동설한 강풍强風에도

펴지 않은 깨끗한 솜털 이불은
새끼 오면 덮어주려
고이 접어두었구나

품안에 떠난 아가인 걸
어미새야 어미새야
너만 모르고

아가새 찾는 어미새
애처로운 울음소리가
동산을 깨우고 있구나

나도 예술가

예술藝術의 주인공은 나야
천직天職 같은 직업도
어려움은 있어

고난을 묵묵히 갈고 닦은 여정이
전문가專門家라
남들이 말해 줬어

작은 공방工房에서
꾀부림 없이 불태운 청춘이
용광로鎔鑛爐 되어

열정熱情의 쇳물이
펄펄 끓어 넘쳐
작품作品이 되는 거야

지금 이 순간도
구슬땀 흘리며

삶의 현장에서
최선最先을 다하여

부실할진 몰라도
내 혼을 담았으니
나도 진정한 예술가

천사의 미소

백의 천사님이 가냘픈 목소리로
마취약이 투여된다고 속삭인다
혹여 영원히 마취에서
깨어나지 못한다면

나로 인해 가족의 삶이 어찌 될까?
두려움이 머릿속에서
수많은 그림이 어지럽게 그려지며
스르르 눈이 감겼다

천사님이 내 이름을 부르는 소리
'눈 떠보라 숨을 크게 쉬어 내뱉으라'
깨어난 안도감에 크게 숨을 내뱉는다

먼 허공길 헤매던 나는
천사님 손에 든 뾰족한 주사 바늘이
덜컥 겁이 났지만

친절한 천사의 미소에
살며시 눈감으며
날 걱정하는 모든 분께
감사의 기도를 올린다

돌팔매

유성처럼 스쳐 가는
화살 같은 세월
덧없는 지난날들
세월의 고개를 넘고 넘어

초바늘은 시간의 원반을
돌고 돌아 제자리 맴돌 듯
훗날의 나를 되돌아보면

삶의 기쁨 희로애락 고뇌 상처…
이 모든 것은
내가 던진 돌팔매질

첫사랑

바람처럼 스쳐 간
첫사랑을 잊지 못하는 건
그저 바라만 봐도 좋았던
콩깍지 사랑이 각인刻印 되어
지워지지 않기 때문이야

작은 모래알을 진주로
보지 못한 서투른 사랑은
이유理由 아닌 이유가 되어
첫 이별離別의 아픔을
겪어야만 했어

순수했던 첫사랑을
잊지 못하는 것은
지난 세월歲月의 때 묻은 마음을
그때로 돌릴 수 없기 때문일 거야

아름다운 조화

가게 앞 테라스에
활짝 핀 꽃에 앉은
알록달록 호랑나비는
어느 곳에 머물다
날아왔을까?

며칠에 한 번씩
잊지 않고 찾아오는
고마운 친구
아슬아슬하고
위험한 도심 속을
언제까지 찾아오려나

아~ 향긋한
아름다운 꽃향기를
예쁜 나비가 찾듯

고운 마음을 가진

사람 곁엔 좋은 사람이
찾아오겠지
난 나비를 기다리며
상념想念에 빠져 본다

오늘도 쇼윈도 안에서
아름다운 꽃을
피우려 꽃망울을
터트리고 있다

향기는 달달한
믹스커피 향으로
꽃은 밉지 않은
웃음꽃으로

아카시아

달콤한 꽃향기에
내 흉을 숨겼는 걸요
가시 돋친 내 모습이
살짝 부끄러워서요
그래도 뽀얗고 예쁘잖아요

가시가 있다고 미워하진 말아요
새하얀 마음의 가시로
꽃망울을 터트려
내뿜는 향기가
온 천지를 뒤덮잖아요

향긋한 꽃내음에
봄비가 시샘하며
잎에 툭툭 떨어뜨려
내 가시를 들추어내도
전혀 부끄럽지 않아요

누구나 작은 가시 돋친
말을 툭 던질 수 있지만
그거야말로 진짜 아프고
따끔한 독설毒舌의 가시인 걸요

하지만 새하얀
아카시아 향기 같은
따끔한 가르침
훈수의 가시는
향기로운 미담美談인 걸요

배가 빵빵한 분홍 강아지

내 주인님은 여행 갈 때 꼭 날 끌고 가죠
구석에 처박아 놓고 쳐다보지도 않던 날
깨끗이 씻겨주고

여행 떠나기 전부터 예뻐라
나에게 이 음식 저 음식 배에 억지로
밀어 넣었다 뺐다 변덕을 부리며

배가 터질 듯 빵빵하게 먹여놓고
내 배를 쿡쿡 눌러대며
들뜬 맘에 설레는지 좋아 웃지요

주인과 떠나는 행복한 여행길에
배가 터질 듯해도
주인이 이끄는 대로 졸졸 따라가

강아지로 착각해 사는
내 이름은 분홍색 캐리어 강아지

꽃바람

유리 구두 신은
신데렐라처럼
찾아온 꽃님

나누는 대화對話 속에
꽃잎 볼에 흐르는 눈물은
영롱玲瓏한 옥구슬

보랏빛 꿈같이
살포시 안아본
그대의 봄꽃 향기

설렘 가다듬고
배웅하며 잡은 손
어찌 놓을 수 있으랴

다시 온다는 약속約束은
허전함만 남긴 채
꽃바람에 흔들리고 있구나

봉선화

담장 밑 돌 틈에
홀로 핀 봉선화鳳仙花야
봄 처녀處女 손톱 물들여
꽃바람 살랑 불어 넣고
넌 시들어 가느냐

통통한 꽃 주머니
살짝 건드려도
톡 터뜨려 퍼지는
봉선화 꽃씨처럼

설익은 앵두빛 여인麗人의
봉긋 솟은 가슴마저
부풀려 놓아

봉선화 물들인 예쁜 손톱
깎아 다듬고
혹여 님 오시려나

기다리다 지쳐

먼 하늘 바라보니
떠오르던 달님이
눈을 질끔 감고
귓속말로
네 손톱 끝을 보라 하네

봉선화 물들인 손톱 끝에
초생달이 둥실 떴으니
기다리던 님이 곧 올 거라
믿어보라고

민들레

행복은 어느 곳에 있을까?
잡초같이 살아온
민들레 홀씨 같은 인생

화려한 청춘의
노란 꽃은 간데없고
백발의 홀씨 되어

바람에 몸을 맡긴
너의 여정의 끝은 어디일까?
별이 수놓은 반짝이는 밤하늘

가벼운 홀씨는
밤바람 따라 정처 없이
떠나는 여행길이
행복이겠지

4부

제비꽃 당신

쉼터

들녘에 푸른 풍경이 되어
바람이나 막아주는 병풍이고 싶습니다

걸러지지 않는 아픔에 진실이 있다면
그냥 당신의 눈물이고 싶습니다

기대어 울 닻을 버리지 못한다면
어수룩한 세월이고 싶습니다

그저 곁에 없는 듯 있는 듯

파도에 새긴 이름

파도에 밀려온 나뭇가지 주워
나도 모르게 쓰이는 이름
파도가 밀려와 너의 이름을
스르룩스르룩 복사復寫해 갔다

모래 위에 널 그렸더니
넘실거리며 넘실거리며
먼 바다 파랗게 물들여 놓았다

너의 이름을 부르며
바다를 찾아오면
바다는 파도가 복사해 놓은
그대로 출렁이며 다급하고

널 그린 후 꽂아 놓은
나뭇가지는 흔적痕跡도 없지만
날 기다리던 파도는
네 이름을 출렁거리고 있겠구나

벚꽃

봄의 따뜻한 입 바람이 칼바람 부는
겨울을 버티며 잠자는 나를 깨운다
반가움에 새하얀 드레스로 갈아입고

봄과 짧은 만남이건만
아름다운 꽃드레스 살랑살랑
흔들어 봄을 유혹한다

가로등 불빛 아래
바람의 장단에 맞춰
화려한 드레스를 흔들며 추는
춤사위에 유혹돼

밤을 잊고 찾아온 연인들에게
벚꽃 향기를 살며시 내풍겨
설레임도 안겨준다

화려한 꽃드레스는

얼마 입지도 못한 채
산산이 조각난 꽃잎 되어
봄바람에 흩어져 날리며

봄과 사랑의 정표로
새빨강 배지를 남기며
봄과 짧은 사랑의
이별을 고한다

내 사랑 안개꽃

님의 이름을 꼭꼭 숨기라 합니다
내 사랑 꽃 이름이 밝혀지면
보고 싶어도 볼 수 없는
이별의 꽃이 된다고

지금 내 꽃 이름이 베일에 드러나면
시기와 질투에
벌레들의 혀에
줄기와 잎이 도막나
널 위한 꽃을 피울 수 없다고

먼 훗날 줄기와 잎이 튼튼해져
벌레들의 혀에 휘둘려도
널 위해 꽃을 피울 수 있다고

지금은 내 사랑 꽃 이름을 밝히지 않고
안개 속에 감추어 놓고
그냥 안개꽃이라 부르렵니다

초원의 봄꽃

야생 조류의 먹이를 피해
땅속에 숨어있던 작은 씨앗이
물오른 버들피리 소리에
부시시 눈을 떴다

봄비가 대지를 촉촉이 적셔
새싹은 단단한 땅을 살며시
뚫고 나와 고개를 숙여
감사의 인사를 한다

연약한 어린 새싹은
햇살의 따뜻한 정기를 받아
대지를 푸른 초원으로 만들어

겨우내 굶주린 동물들
생명의 허기를 채워주고
나눔의 기쁨으로 향기로운
봄꽃을 활짝 펴 웃는다

아빠의 대문

때론 발로 걷어차이고
몸으로 밀고
쾅쾅 쳐대며 버럭 화를 내도

언제나 활짝 열어 주는 대문
허름해 보여
없어도 될 것 같지만
없으면 불안해 잠을 잘 수 없는
튼튼한 문

대장 같지만 늘 졸병 같은 나
남자로 태어나 가장이란 대문
삐그덕 삐그덕
오랜 세월의 무거운
고단한 삶 잊은 채

고장 날 듯 고장 날 듯해도
끄떡없이 버티며

빗장을 잠궈
하루를 마무리하여
가족을 편히 쉴 수 있게 하는 대문

아빠란 때론 이방인이 되어
대문 밖에 서성인다

노란 가로수 부채길

들고 있던 노란 부채를
힘이 빠져 스르륵
손아귀에서 놓쳤나 봅니다

여름내 더위를 식히려
견디던 부채질이 힘에 겨워
가을 산들바람에도 맥없이
부채를 떨어뜨리나 봐요

떨어진 부채는 삭막한
도로를 노란 카펫으로
깔아 놓으니

내 맘마저 노랗게 물들어
황금색 카펫 위를
영화 속 주연이 되어
이 표정 저 표정 지어 보며
찰칵 사진에 담아봅니다

길게 깔린 카펫을
밟으며 한 아름 은행잎 부채를 안아
하늘 높이 뿌려봅니다

황금 잎이 우수수 떨어지니
내 맘마저 부자가
된 것 같아요

여울목

물 쓰듯 흘려보낸 세월
굽이굽이 돌고 돌아 흐르는
계곡의 물줄기처럼
덧없이 지난 날

당신을 인연으로 만나
가족의 울타리를 만들어
새싹 자라듯 훌쩍 커버린
아이들이 곁에 있다는 것이
흐뭇하지만

가족의 소중함을 모른 채 물과 같이
때론 유유히 때론 폭포수처럼
세월의 물을 흘려 보낸다

흘러간 물을 되돌릴 수 없듯
세월의 물은 흘려 보낸
아쉬움에 가족의 품으로

발길을 돌려도

낭떠러지 폭포수 물이 된
지금의 난 계절을 잊고
소용돌이치는
어느 계곡 여울목에 거품 되어
맴돌고 있다

그저 그대로

저녁노을 빛이
작은 불꽃으로 흩어져
밤하늘을 날아
어둠의 빗장을 열며

평온의 빛이 풀잎에
사뿐히 내려앉아 반짝인다
풀 속에 앉은 노을빛을
잡으려 하지 마라

한순간 아름답던 불빛도
가까이 보면 반딧불이 벌레의
발광이었음을
예쁘거든 잡으려 하지 말고
바라만 보라

정겹게 들려오던
귀뚜라미 소리도

가까이 가면 한낱
벌레의 울음소리였으니

그대로 바라보며
멀리서 소식이 들려올 때
아름다운 미학에
취할 것이니

내가 소유하면
소중한 가치도
아름다움도 잊고 살려니
가지려 하지 말고
그냥 바라만 보는 것이
내 것이다

아름다운 어울림

나 꽃으로 살았을까?
향기 있는 꽃이었다면
나비들이 훨훨 날아
날 찾았을 터
꽃같이 살고 싶어

꽃이 될 수 없다면
그 향기에 반해
넋을 잃어버린
나비가 되어도 괜찮아

나도 꽃을 피울 수 있어
미소 꽃봉오리 터트리면
향기 있는 이야기꽃이라도
활짝 피겠지

나비도 될 수 있어
무거운 욕심 버리면

훨훨 나는 자유로운
영혼의 나비가 되겠지

꽃만 꽃이더냐
나비만 나비가 아니야
나도 꽃이 되고
나비가 되어
꽃향기 가득한 꽃밭에
머물 수 있어

그런 삶은 혼자가 아니라
세상 모두의 아름다운
어울림이야

수수께끼

행복이란 수수께끼 같은 것
굳이 찾으려들면 오리무중

기쁨과 슬픔이
위아래 물처럼
뒤섞여 있거든

한가로운 오후
팔베개 삼아 누워
코딱지 파다 잠든
꿀맛 같은 낮잠도

즐거웠던 지난날을
회상하며 마시던
따뜻한 커피 한 모금도
작은 행복이었음을

아리송 머릿속에서만

맴도는 수수께끼처럼
행복이란 홀씨가
내 맘에 날아와 앉아있는데도

풀지 못한 수수께끼로
살아왔던 게지

지팡이 효자

동구 밖에서
장에 가신 엄마
기다리는 어린아이처럼
언제 올까

혼자 외로이 텅 빈
고향 집을 지키며
대문 밖에 앉아

언제 올지 모르는
자식 기다리는
어머니 옆에
발랑 드러누운 지팡이는
해가 져야 엄마 손에 일어나

어머니를 부축해
마루에 앉혀 놓으시고
내일은 동구 밖에 나가

기다리자 달랜다

자식이 돌봐드리지
못한 것을
큰 아들이 된 지팡이는

허리 굽은 엄마
지켜 주는 효자로
집 마당에 벌렁 누워 있다

지팡이보다 못한
자식을 기다리며
일으켜 줄 효자 지팡이를
마당에 놓아두고

홀연히 머나먼 별나라로
여행 가신 어머니
드러누운 지팡이는
다시는 일어설 수가 없다

황혼의 고백

어느 날 다가온 그녀
짝이 있던 둥지 찾아
늘 뒤돌아서는 모습

설레었던 맘 숨긴 채
멍하니 바라볼 수밖에
없었지요

가지 말라 잡고 싶었던
가슴 시린 애원의 사랑
나의 파랑새는 알았을까?

안개 속에 사라진
잊혀졌던 그녀가
안부를 물으며

"꼭 찾아뵙고 싶었다"
저 산 수화기 너머로

건네는 애증의 목소리
가슴 찡하게 메아리칩니다

사모했던 사랑
가슴에 묻고
남모르게 아파하며
뜬눈으로 밤을 지새우던

잊지 못할 인연
수화기 너머로
찾아온 그녀에게

숨겼던 옛 추억을
황혼의 나이에
사랑했다는 말 대신

좋아했다고
넌지시 고백하고
말았습니다

풍뎅이

새 소리가 아침을 깨우던
산골짜기 오두막집
장난감이 없던 어린 시절

황금색 철갑鐵甲 옷을 입고
붕붕거리며 낮게 날아온 장난감

태엽도 건전지가 없어도
다리를 잘라 버리고
목을 비틀어 바닥에
뒤집어 놓으면

빙빙 도는 모습을 지켜보며
즐기던 어린 시절

작은 풍뎅이는 어쩌다
꼬마의 손에 잡혀
목이 비틀려 생을 마감하는

장난감이 됐을까

어쩌면 나도 풍뎅이 운명처럼
삶의 현장에 잡혀
일상을 벗어나지 못하고

하루하루 쳇바퀴 돌 듯
제자리 빙빙 맴도는
풍뎅이가 아닐까

가뭄 속 단비

여름 장마의 폭우暴雨
매서운 겨울 추위는
견딜 수 있어

가뭄에 메말라 칼집 난
저수지貯水池의 상처에
물고기가 죽어
뾰족이 드러낸
가시 같은 마음으로

말라 죽어가는 논밭을 보는
농부農夫의 깊은 한숨을
헤아려 줄 수 없습니다

갈라진 논바닥의
물 대기 싸움으로
메마른 땅에 베인
흉터만 남겠지요

솔밭 산들바람처럼
이웃과 소소한 이야기를
이어가고 산다면
촉촉한 언어의 단비는

정이 쩍쩍 갈라져
시들했던 꿈이
또 다른 희망希望의
새싹이 파랗게
되살아날 거예요

제비꽃 당신

이른 봄
소박하고 단아한 모습으로
수줍게 핀 키 작은 제비꽃

겨울 긴 잠에서 깨어나
봄 아지랑이와
너울너울 춤을 추며
제비꽃님을 반기는
나비를 바라보다

단아한 그대 모습이
아지랑이 속에 아롱아롱거려
당신의 이름을 불러본다

아지랑이 사이로 제비꽃이
따사로운 봄바람에
몸을 실어 너울너울 춤추며
메아리로 달려온다

성찰省察과 사유思惟의 현미경

— 조성찬 시집《어머니》의 시세계

함홍근

시인, 지구문학작가회의 고문

1.

　조성찬 시인이 외치는 강한 함성은 '그리움'이다. 그 그리움의 물줄기는 폭포수처럼 힘차고 억세다. 그러면서도 누구나 쉽게 표출되는 일상적 단편적 그리움의 언덕을 넘어, 영혼으로 치달리는 간절함이요, 참회의 기도문이다. 열망이다.

　뜨거운 눈물로 반복된 그리움의 표상, 즉 '어머니'이다. 애써 꾸미려 하지 않는다. 가식이 없다. 시편마다 흐르는 봄꽃 같은 언어, 진실의 온천수가 솟아나고 있다. 봄꽃 같은 시어, 즉 어머니, 엄마, 그녀, 그대, 너, 연인, 님, 그리운 사람, 보고픈 사람은 모두가 '어머니'임에 다른 비유는 자리 잡을 수 없는 산이요, 하늘

이시다.

다음으로 자주 인용된 사랑, 고백, 그리움도 추억도, 과거도 어머니의 치마폭을 떠날 수 없는 눈물의 아들이요, 딸들이다. '어머니―사랑―그리움'은 연쇄고리다. 누구나 함부로 뗄 수 없는 불가분의 관계이다.

조 시인이 시집 표제를 〈어머니〉로 결정한 내면에는 잊을 수 없고, 돌이킬 수도 없는 어머님의 피눈물 섞인 사랑이 마음 구석구석 자리 잡고, 고향 산천의 이곳 저곳에 풀꽃처럼, 들꽃처럼 심어져 있기 때문이다.

과거는 영원하고 추억은 아름답다. 추억도 영원하고 과거도 아름다울 뿐이다. '어머니'는 과거로부터 현재, 미래에까지 지을 수 없는 아름다움, 거룩하심의 표상으로 우리들 심장 깊숙이 자리 잡으시고, 때때로 웃으시며 스쳐 가시고 또 다가오신다.

시집 《어머니》의 전체 65편을 4부로 나눈 것은 그만의 세심한 성찰과 사색, 사유의 거듭된 결과물로 봄이 옳을 것이다. 1부 〈황혼의 고백〉은 '현재의 자아'를, 2부 〈어미새〉에서는 '각별하신 어머님의 그리움'을, 3부 〈천사의 미소〉에서는 '사회에 희생 봉사하는 어머님의 환신'을, 4부 〈제비꽃 당신〉에서는 '고향산천, 자연의 아름다움'을 참신하고도 진솔한 그만의 표출진행으로 조용한 미소마저 짓게 한다.

2.

    만약에 내가 나팔꽃이었다면
    아침 햇살을 가득 채워
    연보랏빛 나팔로
    그댈 깨우리

    내 심장의 떨림 북소리가
    광야를 힘차게 달리는
    말발굽 소리 되어
    그대에게로 달리리

    신선한 아침 이슬을 머금고
    피는 나팔꽃처럼
    그대 있는 곳까지 넝쿨을 뻗어
    한 편의 서정시를 읊으리

                                    – 〈나팔꽃〉 전문

    의지의, 가정의 시그널이다. 단정은 실수를 유발한
다. 사랑일 수 있고, 그리움이 될 수도 있다. 가상이든
진실이든 그 마음은 참이다. 살아 있다. 젊은 날의 뛰는
가슴이, 불길의 열정이, 그것이 어머니이든 그대이든
펄펄 끓고 있음을 본다. 1연의 "그댈 깨우리"는 그대를
향한, 또는 어머니를 향한 부르심이요, 외침의 조용한

함성이다. 나팔이다.

"내 심장의 떨림 북소리가/ 광야를 힘차게 달리는/ 말발굽소리 되어/ 그대에게로 달리리"에서는, 다가서려는 욕구가, 그의 힘찬 액센트가 더욱 강하게 어필된다. 걸어서도, 머뭇거려도 안 된다. 달려야만 한다. "신선한 아침 이슬 머금고/ 피는 나팔꽃처럼/ 그대 있는 곳까지 넝쿨을 뻗어/ 한 편의 서정시를 읊으리"라 한 3연에서는 넝쿨줄기의 외침이, 뻗어 나아감이 눈에 아른거린다. 산이든 들이든 그대 있는 곳까지 말 달려 뻗어 나아가려는 의지는 그의 강인한 삶의 의지요, 가정을 이루어 나가는 바탕이요, 샘泉이다. 무한의 노래이다.

경적을 울리며/ 기차 레일에 부딪치는/ 정겨운 바퀴소리가/ 고향역을 향하고// 스쳐가는 창밖 들녘은/ 황금 이삭으로 물들어/ 풍요로운 추석을 말한다// 보름 달빛이/ 까만 고향 밤길을/ 밝혀 주건만/ 반겨주는 이 없는// 고향을 잃어버린 운전대는/ 갈 곳을 찾지 못한 채/ 헛발질을 하며// 무거운 침묵만/ 가득 싣고 힘겹게/ 도로 위를 헤맨다// 알밤이 빠져 나간 밤송이처럼/ 부모님 생전에 갔던/ 고향은 갈라진/ 입만 떡 벌린 채/ 빈 가시 주머니로// 땅바닥에 벌렁 드러누워/ 하늘만 바라보니/ 허전한 마음은/ 가시에 찔린 듯하다// 멈춰 선 바

퀴 사이로/ 쓸쓸한 고향 달빛이/ 강물에 비춰/ 허전한 마음을/ 위로한다
– 〈고향역〉 전문

또한 고향은 그리움이다. 어머니의 가슴속이다. 언제, 어느 계절에 찾아가도 두 손으로 반겨주는 어릴 적 어깨동무다. 그러나, "풍요로운 추석을 말한다// 보름 달빛이/ 까만 고향 밤길을/ 밝혀 주건만/ 반겨주는 이 없는" 하늘은 거짓을 모른다. 땀 흘린 대로 주시리라. 풍요의 들녘에 가을 산들바람이 옷깃을 날리는, 계절은 빨리도 아우성으로 다가와 축복의 추석을 알리지만 누구 한 사람 반기는 이 없는 현실, 쓸쓸함, 허전함이 "무거운 침묵만/ 가득 싣고" 힘 없이 지향 없이 달려보는 내 고향 산천, "알밤이 빠져 나간 밤송이처럼/ 갈라진 입만 떡 벌린 채" 나그네를 무심히 지켜보는구나. 세상이, 산천이 고향 떠난 나를 향해 회초리를 휘두르는구나. "쓸쓸한 고향 달빛이/ 강물에 비춰/ 허전한 마음을/ 위로한다"고 스스로 달래 본다. 안위의 자세, 그 심정이 강물처럼 잔잔히 흘러흘러 저 바다로 가는구나. 허전함, 나그네의 뒷모습이 눈에 들어와 박히도다. 어머니도 가시고 친구들도 하나 둘 떠난 고향에 가을의 스산한 바람만 스치며 가도다.

　펄펄 눈이 오면

괜스레 좋았던 청춘은
이젠 머나먼 이야기

첫눈 오면 만나자
말 건네는 건
겁도 없는 주책바가지

쌓인 눈 위에 찔끔 눈 감고
그리던 사랑의 하트는
무심한 빗자루질에 쓸려 나갈 뿐

눈 위에 뒹굴며 놀던
즐거움은
이젠 아이들 이야기

꼬부랑 지팡이 부여잡고
미끄러 넘어질까
버둥버둥 게걸음

조심하세요 할아버지 소리에
내가 늙었나
나 자신에게 되물어 보는 나이

아~ 눈 내리는 빙판 위로
무심한 세월만
속절 없이 미끄러져 가네요

- 〈첫눈〉 전문

자소, 자괴의 마음이 늙을수록 가까워지는 것을 어쩌랴. 갈수록 자신이 없어진다. 용기가 나지 않는다. 나이 드신 분들이 한숨지으며 내뱉는 일상의 말들이다.

아, 어쩌랴. 하나 하나 사라지고 없는 것을, 용기를, 세월만이 늙어감을 물끄러미 바라보는 것을.

"쌓인 눈 위에 찔끔 눈감고/ 그리던 사랑의 하트는/ 무심한 빗자루질에 쓸려 나갈 뿐" 허무함이다. 부푼 가슴으로 그려 놓은 사랑의 하트가 '무심함'에 잠겨 버렸다. 다시 그려 놓을 눈도, 마음도 다 지워지고 말았다. "아~ 눈 내리는 빙판 위로/ 무심한 세월만/ 속절 없이 미끄러져 가네요" 감탄인가, 회한의 외침인가. 말 달리던 광야는 어디쯤 있으며, 또 어디쯤 달려가고 있을까. 무심한 세월을 누가 잡아 묶으랴. 속절 없이 흐르는 하늘의 이치를. 이러한 하소적 한탄은 그의 시 〈가을 독백〉이나 〈방랑시인〉 〈빈 꿀단지〉 등에서도 간절한 기도적 외침으로 살아서 하늘에 울려 퍼지고 있다.

너랑 나랑 손잡고 정겨운

그 길을 가보자
파도가 넘실거리는 백사장도
풍경이 아름다운 곳도 아니야

민들레꽃이 노랗게 피어 있고
제비꽃 씀바귀 애기똥풀
예쁜 꽃 올망졸망
피어 있는 그 길

맛은 없어도 빨갛게 익은
뱀딸기 따먹던
낯익은 논두렁 함께 걷다가

쑥도 뜯고
달래 냉이 씀바귀도 캐보며
네잎클로버도 찾아보고
토끼풀 꽃으로 팔찌 꽃반지
만들어 끼워주며 걷다 보면

논두렁에 단잠 자던 개구리는
지레 겁먹어 풍덩 풍덩 논에 뛰어들어
툭 튀어나온 커다란 눈망울을 껌벅이며
우릴 쳐다보며 시샘하겠지

새하얀 백로는 한가하게 논을 거닐고
모내기가 끝난 얕은 물가에
기어 나온 우렁이도 잡아보는
재미가 쏠쏠한 풀향기
그윽한 그 길을

앞서거니 뒤서거니 걷다 보면
소박한 웃음이 샘솟는
정겨운 추억의 논두렁
그 길을 너랑 나랑 손잡고
함께 걸어보자꾸나

– 〈논두렁〉 전문

읽기에도, 듣기에도 정겨운 단어다. 시골 어른들께
는, 농부들에게는 우리들 사랑방 같은 길이다. 가도 가
도 끝없이 늘어져 있는 길, 우리들 인생길과 같은 곳이
'논두렁' 길이다. 온갖 잡초와 들꽃이 여기저기서 고
개를 내밀고, 또 짙고 옅은 꽃향기까지, 봄부터 가을까
지 뿜어내는 향기의 꽃길이다. 거무스레한 흙두덩, 잠
자리 날아드는 키 큰 풀꽃대 하나, 지친 날갯짓 잠시 쉬
는 곳, 논두렁은 그들의 등대이다.
　"민들레꽃이 노랗게 피어 있고/ 제비꽃 씀바귀 애기
똥풀/ 예쁜 꽃 올망졸망/ 피어 있는 그 길" 쉽게 찾아내

는 향토적 토속적 언어, 그 꽃말들. 친숙한 언어를 통한 고향에 대한 향수, 추억 등 생생한 기억들이 늘 그의 가슴 속 깊이 채워져 있음을 본다.

"쑥도 뜯고/ 달래 냉이 씀바귀도 캐보며/ 네잎클로버도 찾아보고/ 토끼풀 꽃으로 팔찌 꽃반지/ 만들어 끼워주며 걷다 보면"에서는 유년의 동화를 보는 듯하다. 개구리, 제비꽃, 씀바귀, 뱀딸기, 달래, 냉이, 토끼풀, 우렁이 등은 우리들을 어릴 적 내 고향 논두렁으로 잡아끈다.

> 허름한 고향집이 보이면
> 어머님 모습이 보일까
> 어머님 뵈러 오는 길이 왜 이리 어려웠던가
>
> 어머니는 집안에 계신 시간보다
> 대문 밖에 계신 시간이 길어 보인다
>
> 완두콩을 까시는 모습이
> 나약하게만 보이는데
> 하루도 못 머무르고 당일치기로 돌아선다
>
> 어머니 천식에 가쁜 숨소리
> 나를 따라온다

> – 〈어머니·1〉 전문

어머니는 생명의 원천이다. 삶의 안방이며 가정의 온실이다. 그리움의 대명사이다. 갖은 고생, 인고의 세월 다 겪으시고 우리들 곁을 떠나신 어머님에 대한 그리움과 그 안타까움이 필설로는 다 헤아릴 수 없을 것이다. 먹는 일, 입는 일 눈물로 견디시며, 아들딸 손끝 하나 다칠세라 감싸 안으며 길러주신 은혜, 아픔도 쓰라림도 속으로 감내하시며, 드러내지 않으시던 어머님, 애이불비哀而不悲 정신의 산 증인이시다.

집안에 계신 시간보다 대문 밖에서 보내신 긴 시간, 밖에 나갔던 아이들이 일터에 갔던 아버님이 무사귀가를 조바심으로 발만 동동 구르시며 그 긴 세월 서성이던 어머니, 지금도 저 멀리서 지켜보시리라 아들은 눈시울을 적신다.

"어머니 천식에 가쁜 숨소리/ 나를 따라온다"는 가슴 깊이 파고드는 절절한 아픔이다. 한으로만 남아 있는 아들의 마음에는 귓가에 스치던, 가슴을 쓸어내리던 천식 숨소리, 나를 따라오며 허리끈을 잡아끌고 있는 듯하다. 눈물이다. 사지가 마비되는 진통일 것이다.

조성찬 시인의 어머니에 대한 애모의 정은 〈모르시나요〉 〈어머니의 처방전〉 〈강남 까치〉 〈어미새〉 등에서도 맑고 깨끗하게 큰 그릇에 담겨져 있다.

전화 벨소리, "새소리같이 귓전을 스"친다. 안 계시는 어머니의 삭제할 수 없는 전화번호, 가슴 메이는 아들의 한이 〈어머니·2〉와 〈어머니의 전화〉 시행마다 넘쳐난다. 공연히 걸어보는 어머니의 전화번호, 빈 소리만 메아리친다.

〈어머니·3〉에서는 "어머니 그립습니다" 한 마디로, 〈엄마의 손〉에서는 더욱 애절함을 자아내게 한다. "여름날 모깃불 피워놓고/ 애호박 감자 뚝뚝 썰어 끓여준/ 엄마의 손칼국수/ 모기 물리며 가족이 둘러 앉아/ 먹는 저녁"은 매우 사실적이다. 어떤 그림이 더 필요하랴.

> 유성처럼 스쳐 가는
> 화살 같은 세월
> 덧없는 지난날들
> 세월의 고개를 넘고 넘어
>
> 초바늘은 시간의 원반을
> 돌고 돌아 제자리 맴돌 듯
> 훗날의 나를 되돌아보면
>
> 삶의 기쁨 희로애락 고뇌 상처…
> 이 모든 것은
> 내가 던진 돌팔매질
>
> – 〈돌팔매〉 전문

〈돌팔매〉는 부메랑이다. 내가 살아온 지난날의 흔적이며, 피땀이며, 업보다. 잘 살았던 못 살았던 지난 세월의 삶, 하나에서 열까지 어느 누구의 은혜나 원망은 없다. 모든 것은 자신의 삶일 뿐이다. 이러한 자성적 철학적 자세는 조성찬 시인만이 가지는 특징적 사고의식에서 연유된다고 봄이 옳을 것이다.

내 탓이다. 내가 짊어지고 가야 할 업보라고 보는 것이다. '돌팔매'는 단지 던지고, 닿고, 즐기는 유화적 행위가 아니라 하나의 화풀이다. 자신에 대한 자성적 사유적 행위이다. 나 자신을 향하여 던지는 돌이어야 한다. "화살 같은 세월/ 덧없는 지난날들"에서의 절규는 인생의 종착역을 향하는 사람들의 일상적, 탄식적 노래이기는 하나, 그것을 내면으로 승화, 향유하려는 의지의 각오와 기도가 선행되어 진행하고 있음은 조 시인의 흔히 접하는 자세이기도 하다.

남을 탓하지 않는다. 모든 행위는 내 탓이다. 자기 반성적 전개 역시 우리가 깊이 간직할만한 의식세계이기도 하다.

"이 모든 것은/ 내가 던진 돌팔매질" 마지막 구절에서는 제목에서 인용하지 않은 '질'을 덧붙였다. 질은 거듭이란 뜻도 있지만, 우리 어문법에서는 접미사로서 '행'에 해당하나 그리 좋은 뜻을 담고 있지 않다. 발길질, 도둑질, 곁눈질처럼 지속성 접미사나 그대로 명사이면서 어느 정도 행위의 낮춤말로, 그러한 의도로 표현된 표기기법으로 봄이 옳을 것으로 본다.

때론 발로 걷어차이고
몸으로 밀고
쾅쾅 쳐대며 버럭 화를 내도

언제나 활짝 열어 주는 대문
허름해 보여
없어도 될 것 같지만
없으면 불안해 잠을 잘 수 없는
튼튼한 문

대장 같지만 늘 졸병 같은 나
남자로 태어나 가장이란 대문
삐그덕 삐그덕
오랜 세월의 무거운
고단한 삶 잊은 채

고장 날 듯 고장 날 듯해도
끄떡없이 버티며
빗장을 잠궈
하루를 마무리하여

가족을 편히 쉴 수 있게 하는 대문

아빠란 때론 이방인이 되어
대문 밖에 서성인다

- 〈아빠의 대문〉 전문

걷어차고 밀치고 넘나드는 대문, 삶의 지킴이다. 가족의 머슴이다. 무심한 침묵만 안고 사는 장승이다. 쳐대고 화를 내며 쾅쾅거려도 잘 버티는 가장이다.

"언제나 활짝 열어주는 대문"은 일터로 학교로 가는, 출퇴근의 지름길이다. 없는 것은 열어주고 있는 것은 닫아준다. 주인을 알고, 손님을 알고, 아침저녁을 알고, 긴 세월을 삐걱거리며 깨우쳐 준다.

"대장 같지만 늘 졸병인 나"에서 '나'는 졸병으로 서 있고 졸병으로 살아간다. 이러한 자위적 봉사적 표현은 '대장-남자-가장'의 대문, 또는 졸병으로 공존하지만, 졸병으로 남고 싶음이 현실이며, 또 미래가 될 것이다

"빗장을 잠궈" 가족을 편하게 하면서 한숨과 안도의 하루를 마무리 짓는 '나-가장-대문'으로 평화가 깃들게 됨을 볼 수 있다. 그러나, 늘 "대문 밖에 서성"임이 우리의 현실이다. 삶의 시그널이다. 아픔과 슬픔, 기쁨과 환희의 교차점이다.

이러한 좌불안석의 불안은 〈여울목〉 5연에서도 "낭떠러지 폭포수 물이 된/ 지금의 난 계절을 잊고/ 소용돌이치는/ 어느 계곡 여울목에 거품 되어/ 맴돌고 있다"고 힘주어 외치고 있다. 삶의 쳇바퀴 속에서 전력질주하는 다람쥐처럼 살아간다는 것을.

동구 밖에서
장에 가신 엄마
기다리는 어린아이처럼
언제 올까

혼자 외로이 텅 빈
고향 집을 지키며
대문 밖에 앉아

언제 올지 모르는
자식 기다리는
어머니 옆에
발랑 드러누운 지팡이는
해가 져야 엄마 손에 일어나

어머니를 부축해
마루에 앉혀 놓으시고

내일은 동구 밖에 나가
기다리자 달랜다

자식이 돌봐드리지
못한 것을
큰 아들이 된 지팡이는

허리 굽은 엄마
지켜 주는 효자로
집 마당에 벌렁 누워 있다

지팡이보다 못한
자식을 기다리며
일으켜 줄 효자 지팡이를
마당에 놓아두고

홀연히 머나먼 별나라로
여행 가신 어머니
드러누운 지팡이는
다시는 일어설 수가 없다

– 〈지팡이 효자〉 전문

　그는 효자다. 어머니에 대한 애절함을 시편마다, 장
독대 독마다 가득 가득 채우고 있다.

삶의 지팡이, 가정의 지팡이이면서 불편하신 어머님을 도와 이끌어 주는 자상한 효자다. 언제나 어머니를 기다리는 누워있는 지팡이, 대문을 지키고 당당하게 서있는 지팡이는 어머님의 분신이다.

"발랑 드러누운 지팡이는/ 해가 져야 엄마 손에 일어나/ 어머니를 부축해/ 마루에 앉혀 놓으시고"에서 늙어 허리 굽어진 어머니의 손발이 되어 낮밤 없이 동행의 삶을 엮어가는, 이러한 민초들의 생활은 동지적 상호 의지적 협력으로만 이루어지는 삶의 공동체가 서로 얽히어 있는 동행성을 잘 보여주고 있는 사례일 것이다. "큰 아들이 된 지팡이"와 "지팡이보다 못한 자식"은 역설적이다. 오히려 지팡이가 큰 아들이 된 듯한, 지팡이보다 어머니를 보살펴 드리지 못한 죄책감에 언제나 눈물을 훔치는 이들이다.

"별나라로/ 여행 가신 어머니"는 지금도 웃으시며 내려다보실 것을, 어머니가 안 계시는 내 앞에서 지팡이가 시위를 한다. 아들처럼 울부짖는다. "다시는 일어설 수가 없다" 아니 다시는 일어서지 않을 것이다. 삭제하지 못하는 어머니의 전화번호처럼 지팡이도 대문 앞에서 잠들 것이다.

3.

시는 다양화, 이질화되고 있다. 1950, 60년대 이전처럼 운율과 연, 어구, 행의 관심에서 많이 달라지고 있다. 규칙적 운율은 중요치 않은 현실에 와 있다. 그러나, 아무리 현대적 서구적 표현이 일상화되어 있더라도 구조는 구조요, 시는 시다워야 한다는 것이 나의 지론이다.

원시 종교의 노래와 춤, 율동과 주술에서 발전된 기도적 갈구형식이 시에로의 긴 시간을 거쳐 오늘에 이르렀다고 본다.

많은 학자들이 분석, 이해, 또는 제시된 바 있음에도 시의 정의는 시원한 해답을 얻지 못하고 있다. 그러나, 시가 '율律 → 음音 → 표출表出 → 표기화(詩化)' 한 것임에는 틀림이 없을 것이다.

괴테는 "나의 시는 나의 참회다"라고 주창했다. "주십시오." 간구가 아니라 "용서하소서"(김원경 저, 《문학개론》 59면 참조)의 뉘우침이 시의 정신에 부합할지 모른다. 이런 의미에서 조성찬 시인이 상재하는 시집 《어머니》는 독자로 하여금 큰 흔들림을 주고도 남을 것이다. 거역할 수 없는 뉘우침과 참회적 회한의 성찰은 '어머니'를 마음 속에서만이 아니라, 위안적 감성이 하나의 표상이 되어 자랑스런 아들 앞에 영웅적, 토테미즘적 자애로운 어머님 상像으로 신앙적 입상立像으로, 언제나 서 계실 것이다.

어머니

지은이 / 조성찬
펴낸이 / 김정희
펴낸곳 / 지구문학

03140, 서울시 종로구 종로17길 12, 215호(뉴파고다 빌딩)
전화 / (02)764-9679
팩스 / (02)764-7082

등록 / 제1-A2301호(1998. 3. 19)

초판발행일 / 2024년 6월 1일

ⓒ 2024 조성찬 Printed in KOREA

값 12,000원

E-mail/jigumunhak@hanmail.net

ISBN 979-11-91982-11-4 03810